Liebe Leser, Kinder

Ein langersehnter Traum ist in Erfüllung gegangen! Nach über 10-jährigem Zusammenleben mit meinem Fuchs "Fix" ist dieses Fotokinderbuch, das Sie nun in Händen halten, Realität geworden. Ich wünsche allen - "ob Gross ob Klein" - beim Betrachten und Lesen dieses Bildermärchens viel Freude und Vergnügen.

Albert Mächler

Fix & Flori

Zwei Freunde in den Bergen

Ein Bildermärchen aus dem Engadin
von Albert Mächler

NIEMAND IST GERN ALLEIN

Auf dem Baumstumpf, das ist Fix. Weiter unten sein Bruder. So wie alle kleinen Füchse sind die beiden im Frühling geboren.

Seit Tagen warten die Kleinen auf die Rückkehr ihrer Eltern. Leider vergeblich.
Was geschehen ist, wissen die kleinen Füchse nicht.
Aber in den Bergen und Tälern lauern viele Gefahren.
Es gibt Raubtiere, Unwetter oder Jäger.
Fix' Bruder macht sich schliesslich allein auf die Suche. Fix bleibt im Bau zurück.

Fix wartet. Sehr lange.
Aber auch sein Bruder kehrt nicht zurück.
Von nun an ist er allein.

Der kleine Fuchs wächst schnell. Damit er nicht friert oder nass wird, sucht er Unterschlupf in hohlen Bäumen oder Erdlöchern.
Fix kommt gut alleine zurecht.
Aber manchmal wünscht er sich einen Freund.

Das ist Flori. Seit dem Tod seiner Eltern wohnt er beim Grossvater. Aber er fühlt sich einsam. Ihm fehlt ein Spielkamerad. Und hoch oben in den Bergen, da ist das Leben hart. Kehrt der Grossvater ohne Beute von der Jagd zurück, geht der Junge hungrig ins Bett.

DIE LUST ZU STIBITZEN

Fix frisst Insekten, Früchte und kleinere Tiere wie Mäuse und Vögel. Das Jagen liegt dem Fuchs im Blut.
Am liebsten ist ihm Nahrung, die leicht zu finden ist. Heute hat Fix noch nichts gefressen. Ihm knurrt der Magen.

Hungrig stromert Fix durch den Wald, als er Floris Grossvater schnarchend unter einem Baum entdeckt. Da schnappt er sich eine Wurst aus dem Rucksack. Am Baum nebenan hängt sein geschossener Hase. Schneeweiss und schön fett. Ein Festmahl!
Der Grossvater erwacht und muss mit ansehen, wie der freche Fuchs mit dem Hasen verschwindet.

Am Abend wagt sich Fix in die Berge. Er folgt dem Licht einer Hütte.
Durch das Fenster sieht er den Grossvater und Flori.
„Ich habe Hunger“, sagt der Junge und schaut auf seinen fast leeren Teller.
„Wir haben noch Eier im Stall“, meint der Grossvater. “Daraus backe ich uns ein Omelett. Das macht satt!“
Aufmerksam spitzt Fix die Ohren.

Die Hühner gackern laut und aufgeregt, als Fix sie besucht. Doch der Fuchs hat nur Augen für die Eier. Gierig verschlingt er die Leckerbissen.

Fix macht sich schnell aus dem Staub.
„Das ist derselbe Fuchs, der mir den Hasen stibitzte“, schimpft der Grossvater.
Flori muss lachen. „Das scheint mir doch ein braves Tier zu sein. Nur die Eier hat er gefressen. Aber nicht die Hühner.“ Doch der Grossvater ist verärgert. „Dieser Fuchs ist ein Dieb. Was er stiehlt, das fehlt uns auf dem Tisch!“

DER DENKZETTEL

Der Grossvater ist auf Jagd.
Er kennt die Berge des Engadins
wie seine Westentasche.
Sie sind seine Heimat.
Natürlich weiss er genau, wo sich das
Wild aufhält.

Mit sicherem Tritt bahnt sich eine Gämse ihren Weg durch den Schnee. Wenn der Grossvater sie schiesst, dann reicht ihr Fleisch bis zum Ende des Winters.

Die Bergdohle flattert aufgeregt und möchte Fix damit sagen, dass der Grossvater auf der Jagd ist.

Und schon hört Fix, wie ein Schuss durch das Tal hallt.
Er weiss, wenn ein Jäger trifft, dann kann er sich das Jagen sparen.

Nur flink muss er sein, denn andere Tiere lauern ebenfalls auf die leichte Beute.

Zu spät.
Ein Steinadler war schneller und
macht sich über die tote Gämse her.

Fix zögert. Die Krallen und der spitze Schnabel des Adlers sind gefährlich.
Soll er dem gewaltigen Raubvogel die Gämse streitig machen?

Doch plötzlich erhebt sich der Steinadler und fliegt mit lautem Flügelschlag davon.

Hungrig stürzt sich Fix auf die Gämse und bemerkt nicht, wie der Grossvater näher kommt.

„Du schon
wieder“,
murmelt der
Grossvater.
„Dir Halunke
verpasse
ich einen
Denkzettel.“
Dann schiesst er.
Fix spürt einen
stechenden
Schmerz.

Der Fuchs flüchtet so schnell er kann.
Kleine Bluttropfen bleiben im Schnee zurück.

Fix versteckt sich in einer Schneehöhle.
Seine Pfote schmerzt, aber sie ist nur leicht verletzt. Zum Glück war es nur ein Streifschuss. Aber Fix weiss, dass er einen Fehler gemacht hat.
Er ist selbst schuld.

DAS SCHLECHTE GEWISSEN

Fix möchte seinen Fehler wieder gut machen. Und er würde Flori gerne kennen lernen. Das scheint ein netter Junge zu sein. Aber wegen des Grossvaters wagt sich der Fuchs lieber nicht in die Nähe der Hütte.

Als der Grossvater einen Fasan schiesst, stürzt der Vogel einen steilen Abhang hinunter und scheint verloren.

Aber für Fix ist es ein Leichtes. Geschickt klettert er hinab und holt sich den Vogel.

Fix legt den Fasan vor die Hütte. Flori und der Grossvater
sind überrascht. Damit ist das Abendessen gerettet.

Flori kaut zufrieden sein Essen. „Siehst du, er ist doch ein braver Fuchs." Doch der Grossvater bleibt argwöhnisch. „Ein Fuchs bleibt ein Fuchs. Und ein Räuber bleibt ein Räuber!".

DER LEBENSRETTER

Es hat geschneit. Tagelang. Der Winter bedeckt das Engadin mit einer dicken, weissen Schneedecke.

Flori liebt es zu schlitteln. Immer wieder saust er die schneebedeckten Hänge hinab. Fix beobachtet das Treiben aus einiger Entfernung.

Zunächst leise, doch
dann immer lauter
ertönt ein tiefes Grollen.
Eine Lawine donnert
durch das Tal und reisst
alles mit.
Die Schneemassen
begraben Flori unter
sich.

Flori ist im kalten Schnee gefangen. Er ist bewusstlos und droht zu erfrieren. Fix eilt zur Hütte. „Bis du wieder da?“, schimpft der Grossvater. „Hast du immer noch nicht genug?“ Mutig zerrt der Fuchs immer wieder an Grossvaters Hosenbein, bis dieser ihm folgt.

Fix führt den Grossvater zu Flori. Voller Sorge gräbt er den Jungen mit blossen Händen aus dem Schnee. Dann drückt er Flori fest an sich, bis dieser die Augen aufschlägt. „Mir ist kalt“, flüstert Flori. „Ich bringe dich heim, dann wird dir wieder warm“, sagt der Grossvater erleichtert.

Flori nimmt den verdutzten Fuchs zu sich auf den Schlitten und der Grossvater zieht beide auf dem Schlitten nach Hause.

Flori ist ein starker Junge. Er erholt sich schnell. Fix ist jetzt ständig an seiner Seite. „Ich habe doch gewusst, dass du ein braver Fuchs bist," sagt Flori zu seinem neuen Freund.

Auch der Grossvater findet Gefallen an Fix.
„Wenn du meine Hühner und ihre Eier zufrieden lässt", lacht er, „dann kannst du uns besuchen, wann immer du willst."

ZWEI FREUNDE IN DEN BERGEN

Es ist Frühling. Die Natur ist aus ihrem Winterschlaf erwacht. Endlich tragen die Pflanzen wieder Blüten. Und die Tiere geniessen die warmen Sonnenstrahlen.

Fix besucht Flori jeden Tag. Sein Fressen stibitzt der Fuchs jetzt nicht mehr, denn die leckeren Eier bekommt er nun geschenkt.

Wenn Fix und Flori zusammen Fussball spielen, dann vergeht die Zeit wie im Flug.

Nach Sonnenuntergang zieht es Fix wieder zurück in den Wald, und beide, Fix und Flori, die zwei Freunde in den Bergen, freuen sich auf ein Wiedersehen am nächsten Tag.

Buch

Titel:	FIX. Begegnungen mit dem Fuchs
Autor:	Albert Mächler
Umfang:	108 Seiten
Format::	30 x 24 cm
Ausstattung:	Hardcover mit Schutzumschlag
Preis:	CHF 39.-
ISBN:	978-3-7262-1423-4
Verlag:	www.salmverlag.ch

Plüschtier

Materialien:	schwer entflammbar, ungiftig, waschbar
Grösse:	20 x 30 cm
Preis:	CHF 24.-
Bestellung:	www.fixderfuchs.ch

Schokolade

Der Kinderbuch-Star in Schoggiform.
Süss und schlau, frisch aus dem Schoggibau:
feinste Milchschokolade aus den Schweizer Bergen mit caramelisierten Piemonteser Haselnüssen.

Erhältlich in einer der über 30 Läderach Chocolatieren. Mehr Infos unter:
www.laederach.ch/fix

Herausgeber:
Edition Engadin Verlags GmbH,
Postfach 8, 7500 St. Moritz

Verlag:
Desertina, Chur

Fotos:
Albert Mächler,
www.photohunting.ch

Text:
Heikko Böhm

Design und Illustrationen:
Design Terminal by G. R. Furger,
www.design-terminal.com

Druck:
Casanova Druck und Verlag AG, Chur

Bindearbeiten:
Buchbinderei Burkhardt AG, Mönchaltorf

ISBN: 978-3-85637-447-1

www.fixderfuchs.ch